中華教育

鹿啊鹿，我餓了。

白鹿記

張錦江 著　馬鵬浩 繪

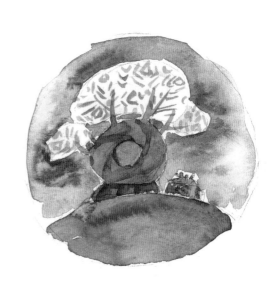

　　上申山是一座古老的大山。山下有條河，叫赤水。山間有座神廟，還有祭拜山神的地方。

　　有一位老人叫叔公，住在山腳的一幢五彩的石屋裏。很久很久之前叔公在三十里之外的峚（普：mì｜粵:物）山，救過一頭受傷的黃毛小鹿和一株被遺棄的丹木樹苗。

　　叔公已活了一百零三歲，丹木樹也長成了一株非常老的參天大樹。黃毛小鹿變成了灰白色的鹿。叔公與白鹿、老樹相依為命。

　　每天白鹿只要對着大樹鳴叫一聲，神樹樹冠就會下垂，露出一顆五彩果。叔公每日只需食五彩果一顆，便會延年益壽。白鹿只需食用樹上每年只長一片的五彩葉，就有了神力。

3

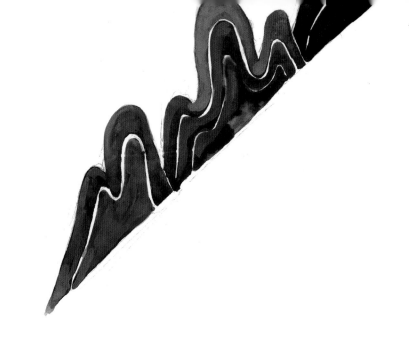

每年的三月初一，是祈求五
穀豐登、祭祀山神的重要節日，
上申山的山民們都要準備一百
隻羊羔，作為山神的祭品。

　　叔公家有五隻羊羔，圈養在
神樹的樹洞裏。

這一天，白鹿踩着五彩山道到河邊取水給叔公和羊羔喝。誰料想，白鹿汲水時，看到漁夫老貓頭為了貪捕一條巨大的鯰魚被帶下了水。

白鹿沒有遲疑，一躍而起，踏着水面飛馳過去，救下了將死的老貓頭。

　　落水的老貓頭臉色鐵青，一連數日昏迷不醒。叔公對白鹿說：「白鹿呀白鹿，救人就救到底。聽祖先們說，此處往西一千二百里有一座幽都山，山頭有一株蛇含草，可回魂救命，你去取來，老貓頭便可得救了。」

白鹿二話不說，輕輕一跺腳，擋在前面的山石微微一顫，天上的雲朵飄了下來，白鹿躍上雲朵，往西邊一路翻山渡海，不到半日就來到了幽都山。

幽都山本是一座蛇山。那蛇含草長在一條巨蛇的舌尖上。白鹿剛一踏上幽都山，就被巨蛇咬住了右腿的前蹄，巨蛇一個轉身將白鹿一圈圈地纏住。

　　就在白鹿無法動彈而命懸一線時，巨蛇張開巨口準備將其吞下，
豈料，白鹿一個扭頭，將尖利如劍的鹿角刺入了巨蛇的下顎七寸處，
巨蛇扭動了幾下，就軟癱在幽都山腳下了。

而白鹿也身中蛇毒，眼前一片模糊，跟蹌幾步後只好前蹄跪地勉強支撐着身體。此時西海翻騰起來，一個黑影從海裏躍起，一隻海鵰衝了出來，撲向白鹿。

白鹿口中噴出一團污血，不偏不倚噴在了海鵰頭上。海鵰發出一聲淒厲的慘叫，墜下懸崖。此時白鹿也恢復了元氣。原來那口污血正是巨蛇的毒液。

白鹿取了巨蛇舌尖上的蛇含草，用嘴銜着，又踏雲而行，翻山渡海回到了叔公的家。

　　吃下蛇含草的老貓頭清醒過來，他連連道謝，並承諾一定捕到赤水河中最大的鯰魚來感謝叔公。

　　叔公一再拒絕，無意間把神樹結果和叔公、白鹿延年益壽的祕密說了出來。說者無心，聽者有意，老貓頭默默記在心裏。

就在老貓頭離開後，山村裏闖進了一頭怪獸，怪獸晝伏夜出，專吃山民們用來祭祀山神的羊羔，一口一隻，連吃了五日。

村裏的羊漸漸少了，眼看三月初一即將到來，白鹿趁晚上月光明亮，決定去看看這頭怪獸的真面目。

23

說來也怪，這一看不得了，怪獸的尾巴像極了幽都山的大蛇，但冒着黑煙的身軀和頭頂的獨角卻又不像。

怪獸見到白鹿，便兩眼發光，口中噴出一個火球，差點傷到白鹿。白鹿佔了下風，只好一退再退。

白鹿一直退到了上申山
山腳下的赤水河中，後蹄掀
起了白浪，隨後牠埋頭深深
汲了一口河水，往獨角怪劈
頭蓋臉地噴去。

只見獨角怪在水中翻滾了幾下後，冒着濃煙的身體漸漸凝固成一塊巖石，突兀地立在河水中。原來是因為白鹿救老貓頭時無意間踩中了巖石模樣的怪獸，怪獸被驚醒了，才來山村作怪的。

白鹿擊敗了獨角怪，山民們歡呼慶祝。

29

然而村裏的頭人神情凝重地對大夥說，村裏的羊羔不足百隻，三月初一的山神祭恐怕要誤事了。山民們聽了這話，就像被潑了一盆冷水，都憂心忡忡起來：得罪了山神可不是一件好事。

山民們想盡辦法，只勉強湊齊了九十九隻羊羔，如果不能湊齊一百隻羊羔，那麼山神怪罪下來，就會天崩地裂，山民們一整年都不得安生。

老貓頭對頭人說：「叔公家的白鹿可用作供品。」頭人先是不允，這時，老貓頭說出了叔公家的祕密，頭人動了心，他想延年益壽，多子多孫，便派了八名壯漢隨老貓頭去叔公家捉白鹿。豈料神鹿不是那麼好抓的。他與八個壯漢連叔公家的門也進不去，發怒的八個壯漢用石斧砍神樹，砍來砍去神樹完好無損。

這時，老貓頭想到叔公說過，白鹿每日為他取五彩果時需要鳴叫一聲。於是，他想到了一個壞主意。

他叫人抓了一百隻烏鴉，等白鹿取神果時，放出那羣烏鴉，烏鴉鋪天蓋地地盤旋在叔公院子的上空，呱呱的叫聲蓋過了神鹿的鳴叫。

　　這天正是白鹿一年一次取食五彩葉片的時候，如不能按時取食，白鹿神力消失，就會死去。同樣，叔公在這一天錯過了進食神果的時辰，也會死去。於是，叔公拖着疲憊的身體，對白鹿說：「你走吧，這裏容不下你了。」

此刻，山下的鼓聲響了起來，上申山最隆重的山神祭開始了。

山民們都聚集在河灘上，山神也來了。這是一個長得如水牛一般的神獸，它身軀碩大無比，金毛披身，頭上長着彎曲上翹的角，雙目閃光，飄在雲端。山神說話了，聲似雷鳴：

「怎麼祭品只有九十九隻羊呀？」顯然山神發怒了。

「回大神，只因前幾日山裏進了一頭怪獸……」頭人連忙伏地解釋。

這時，老貓頭又搶着回答：「山神息怒，因為叔公家不肯獻出家中那隻純潔神聖的白鹿。」

此時忽見遠處白光浮現，白鹿馱着叔公，來到山神的腳下。

　　白鹿前蹄一跪，說道：「山神，我願做第一百隻祭品。」接着，叔公翻身下地也拜了拜山神，將白鹿如何救下老貓頭、如何滅了獨角怪守護村民和羊羣、老貓頭如何忘恩負義的經過一一告訴了山神。

　　山民們無不怒視老貓頭，山神鼻孔一哼，朝老貓頭吐了一口氣，說：「既然此人毫無廉恥信義，也不配為人，我就將其變成——

羊吧！

張錦江 著　馬鵬浩 繪

責任編輯：楊安琪
裝幀設計：鄧佩儀
排版：鄧佩儀
印務：劉漢舉

出版｜中華教育

香港北角英皇道 499 號北角工業大廈 1 樓 B

電話：(852) 2137 2338 傳真：(852) 2713 8202

電子郵件：info@chunghwabook.com.hk

網址：http://www.chunghwabook.com.hk

發行｜香港聯合書刊物流有限公司

香港新界荃灣德士古道 220-248 號 荃灣工業中心 16 樓

電話：(852) 2150 2100　傳真：(852) 2407 3062

電子郵件：info@suplogistics.com.hk

印刷｜美雅印刷製本有限公司

香港觀塘榮業街 6 號海濱工業大廈 4 字樓 A 室

版次｜2021 年 4 月第 1 版第 1 次印刷

©2021 中華教育

規格｜16 開（230mm x 250mm）

ISBN｜978-988-8758-45-6

關於《山海經》

　　《山海經》是一部記載怪奇之說、薈萃珍奇博物的中國古代神話地理志，成書於先秦時期，蘊含了豐富的地理、神話、宗教、歷史、民俗知識。「夸父逐日」「精衛填海」「后羿射日」等眾多耳熟能詳的中國神話故事均來源於此書。

　　《白鹿記》乃根據《山海經》中記載的奇獸新編而成，在瑰麗的圖畫與跌宕的故事中，帶領小朋友走進上古時代的奇幻世界。

關於著者

　　張錦江　著名作家、學者、中國作家協會會員。曾任華東師範大學教授、上海大學文學創作教研室主任，現任上海市兒童文學研究推廣學會會長。主要著作有《張錦江文集》（五卷本），長篇小說《海王》，中篇小說集《海蛇》《海葬》《沉船之謎》，散文三部曲前兩卷《人夢》《人界》，兒童文學童心書系列《海上奇遇記》《一個站着死的男孩》《三色蝴蝶在飛》，理論專著《童話美學》等。主編、主創的系列長卷《新說山海經》，開創了新神話小說之先。其作品曾榮獲上海作協年度優秀作品、陳伯吹兒童文學獎等多種獎項，並被翻譯成日文、希臘文介紹到國外。

關於繪者

　　馬鵬浩　出生於廣東海豐，畢業於廣州美術學院，出版有《一個梨子掉下水》《窗下的樹皮小屋》《桃花魚婆婆》《孫悟空打妖怪》等繪本作品。其中《一個梨子掉下水》入圍第四屆信誼圖畫書獎；《桃花魚婆婆》入選國家新聞出版署 2018 全國青少年推薦百種優秀出版物目錄，榮獲第二屆「圖畫書時代獎」、第三屆愛麗絲繪本獎匠心原創繪本獎、「小金獅杯」原創圖畫書2017 年度排行榜 TOP10、2018 年桂冠童書等獎項。《孫悟空打妖怪》與《桃花魚婆婆》入選 2019 年布拉迪斯拉發國際插畫雙年展；《孫悟空打妖怪》入選第 56 屆意大利博洛尼亞「中國原創插畫展」。